오계절의 여백

오흥태 시집

시음사
시사랑음악사랑

QR코드 스마트폰으로 QR 코드를 스캔하면
시낭송을 감상할 수 있습니다 ·

본문
시낭송
감상하기

제목 : 가을 시간표
시낭송 : 박영애

제목 : 상사화
시낭송 : 최명자

제목 : 달빛 지키기
시낭송 : 최명자

제목 : 라일락
시낭송 : 박영애

제목 : 겨울 강 2
시낭송 : 최명자

제목 : 산국화
시낭송 : 박영애

제목 : 만월
시낭송 : 최명자

제목 : 봄이 지나는 길목에서
시낭송 : 박영애

영상은 YouTube 정책 또는 운영 관리에 따라 삭제될 수도 있습니다.

시인은 자연을 이야기하고 시낭송가는 자연을 품었다
글자는 날개를 달아 언어로 날고 소리는 자연에 눕는다

시인의 말

순간순간의 아름다움은
참 쉽게도 사라집니다
봄이 오는 기척에 설레던 기억
이름 모를 꽃들 앞에
채워지지 않는 혼자만의 안타까움
순간을 오래 붙들고 싶은 마음의 끄적임...

오래 걸렸습니다
자연 앞에 겸허한 자세로
내게 빈틈을 내준 시간을 엮어
다섯 번째 계절(오계절)로 명명하고
새로 생긴 마음의 여백에 담았습니다.

혹여 만나게 될 님들과
가끔은 같은 편에 앉아
같은 색깔의 노을을 바라보는 시간이 오면 좋겠습니다
활자로 만날 수 있는 기회와 용기를 준
모든 분께 감사함을 전합니다.

2024년 여름
시인 오흥태

* 목차 *

제 1부

* 목차 *

제 2부

* 목차 *

제 3부

* 목차 *

제 4부

제 1부

하늘로 향하는 길엔
붉은 노을이 내려앉았다

이루지 못한 사랑
걸음마다엔
그리움 하나에 미움도 하나
어느새 그리움만 남아 뿌리를 내렸다

비 오는 산사(山寺)에서

오월 신록에 안긴
산사(山寺)의 오후
불두화 환하게 보이는 등마루엔
비가 내리고

추녀 끝 낙숫물 소리
억겁의 세월을
거스르지 않는다

처마 끝을 나서는 중생은
우산이 없어 난감한데

칠백 년이 되었다는 은행나무는
비 그을 뜻이
전혀 없네.

꽃과 당신

꽃 중의 꽃이
하나뿐이라면
당신을 지우면 없는 꽃입니다

속눈썹에 아침 이슬 반짝이던 꽃
빗소리 들리면 화들짝 피어나던 그 꽃
은은한 커피 향에도 이끌리던 꽃

당신 멀리
겨울처럼 얼어버린 날
흐린 유리창엔
성에꽃이 피었습니다

그리움도
길을 잃을 즈음이면
막막한 밤하늘
바람으로 떠돌다가
안개 잦던 그 호숫가 여린 나뭇가지에
새하얀 눈꽃으로 피어나겠지요

세월 더 지나
가슴엔 한 사람만 담아야 한다면
눈꽃을 안고도
그 겨울은 참 따뜻하겠지요.

그리운 사람

앞산에 걸친 운무(雲霧)
이마 훤히 벗어지면
골짜기 아래엔
이름 없는 꽃들
등을 켠 듯 한창이다

봄이 훌쩍 떠난 자리
내 안에 남아 있는 지난 것들
결코 소멸할 수 없는 인연이었음을 알지 못하고
회한 깊은 강변을 따라
들꽃 은은한 향은
여름으로 가는데

수박풀 향을 닮은 사람
언뜻언뜻 여름 언저리에 나앉아
까마득한 시절로 나를 이끌고

점점 멀어지는 것들을 지켜보며
허전함 끝에 남은 그리움
다시는 돌아오지 않을 것을 알면서도
꽃이 지는 저녁이면
어제인 듯 어제인 듯
끝내 돌아보지 않던 뒷모습만
하얀 찔레꽃처럼 피어나고 있다.

낙엽을 밟으며

차박 차박 차박
가을엔 낙엽 위를 걷는다

발밑에 깔리는 낙엽 밟는 소리
너희는 오늘을 예견이나 했을까
화려한 꿈을 좇아
경험하지 못한 세상 밖으로
바람 탄 구름처럼 거칠 것이 없었지

낙엽을 밟으며
혹여 서재 한구석
주인을 떠난 손부채의 마음은 아니었는지
발아래 느껴오는 감촉은
오월의 숲처럼 싱그러운 나의 청춘을 떠올리지만
낙엽들과 함께 나란히 가고 있음을 깨닫는다

언제나 단단하게 포장된 길을 걸으며
점점 메말라 가는 심장의 박동을 느끼지 못하고
무딘 열정을 세월 탓으로 외면하지만
발밑의 낙엽의 마음이
곧 나였음을 알게 된다

가을엔
연록 빛 숲길에
우연히 만난 첫사랑을 그리는 마음으로
낙엽 위를
오래오래 걸을 일이다.

소나기 내리던 날의 풍경

앞산으로
급하게 내려오는 운무(雲霧)에
대문 앞 개가
놀라 짖는다

세찬 비바람에
털끝을 세우고
안쪽으로 주춤하면
그 큰 두 눈엔
초목들이 요란하다

일손 놓은 주인의
여유로운 걸음은
빗물 위에 떠 있고
포말(泡沫)로 튀어 오르는 물방울
선율(旋律) 되어 흐른다

감자 익어가는 구수함에
빗줄기는 잦아들고
대문간의 개가
몸을 세워 반긴다.

안개 속의 단상(斷想)

시간이 멈춘 곳
무명(無 名)의 안개 속

어두워진 하늘
끊어진 길 앞에서
차라리 단절된 세상 밖으로
감춰 버린다

안과 밖이 차단된 곳
비움의 편안함도
알 수 없는 방향으로 혼미해진 채
그 화려한 감각도
혐의 없음으로 판명이 난다

밖을 향한 절규는
내 안의 안개에
또다시 갇혀 버리고

이제 실체 없는
나만 바라볼 수 있지만
교묘히 치장된
허상을 만들어 낼 뿐

세상 밖으로 통한 흔적 사라지면
사라진 존재는
오래 기억되지 않는다

돌아가야 한다
투명한 곳으로
멀어지고 나서야 얻은 진실
또 다른 안개에
갇히기 전에.

봄비 1

부질없는 상념
짧은 봄밤 내 뒤척이다

고무신 끄는 소리인가
낙숫물 소리 깨어난다

솔 검불 젖어 호젓한 길엔
남색 치마 앞세우고
네가 오는 소리

막연히 이는 설레임
놓지 못하는데

잠깐의 두런거림은
흥정도 없이
봄을 부르고 있다.

봄비 2

산안개 오르자
꽃물은 뚝뚝 흐르고

그리우면
조용히 울 수도 있다
고하고 있네

봄비 젖은 나그네
호수에 빠진 산그림자
건져내려 애쓰지 마오

요동치는 심장소리
물결이 일까 염려로세.

가을바람은 커피 향

가을바람엔
커피 향이 묻어온다

계절을 가르는 바람 소리
빨간 우편함을 바라보던
은근한 설레임 같은
낯익은 얼굴들의
은근한 커피 향 미소

치열함을 달래던 순간의
편린 속 기억은
커피 향에 더한 실루엣의 위트

삶은
커피 향의 언저리쯤에
늘 새로운 한 모금의 쌉싸름함과
아련하게 밀려오는 아늑한 여운

시나브로
단풍 드는 저녁 어스름
나뭇잎 뒷면에 새겨질 가을은
커피 향이 짙게 배어 가고 있다.

가랑잎의 전언(傳言)

서리 바람
불어온 날
처음으로 날았다

꿈에 부풀던 봄날이
별밤 눈맞춤 하던 순간도
스치듯 지나갔다

그리곤
가장 낮은 곳에 내려
헐벗은 발등을 덮고
생명을 덮었다

이제
흰 눈 기다려
포근히 덮고 뽀송한 채
긴 겨울을 이야기하리

봄이면 또 없는 듯 잊히겠지만
삶의 허전함도 끝내는 비워지는 것
그거면 되지 싶다.

사부곡(思父曲)

당신
그리 쉽게 무너질 줄이야....

강인한 손아귀로
가족을 움켜쥐시고
해넘이 큰 산보다 높았던
당신의 어깨
고목처럼 넘어가던 날
가슴엔 돌덩이가 떨어졌지요

중환자실 돌아
용하다는 침술원으로
당신에게 남은 건
마음 벗어난 참담한 절망뿐

산 첩첩 가로막힌 외진 골짜기
오늘 행여
대처로 나간 아들 보일라
한없는 기다림의 눈물주머니

못난 자식
욕실의 어색한 만남
샤워 꼭지 등을 쫓다가
사막보다 메마르고 당신의 등 뒤에서
그만 꺼이꺼이
소리 죽인 황소울음 삭여야 했지요

세상의 전부였던 당신
아무것도 아닌 아버지가 된 현실에
절망을 어루만질 아무것도 없는데
난 괜찮다고 하신 말씀은 비수로 박혀
아버지의 왜소한 등 뒤에서
수도꼭지보다 뜨거운 눈물 흘려야 했지요

너무도 엄하신 당신의 사랑법
투박한 언어를 이해하는 데는
참으로 오랜 시간이 걸렸습니다

사랑합니다
살아선 결코 듣지 못하셨던 말
그래서 가슴이 더 미어지는 말
그래도
정말 정말 사랑합니다.

불나비사랑

연약한 날갯짓의
사력(死力)을 다한 여정
시리도록 의연한 아름다운 춤사위에
반짝이던 밤하늘도 숨을 죽인다

오늘만을 위해
보랏빛 유혹을 넘어 그에게 가는 길
목숨을 건 칠흑의 어둠 속에서도
사랑의 무지개다리만이 환하게 보일 뿐

사랑받지 못한 사랑을 위한
처절한 몸부림은
죽음이 닿아 있었을 뿐
머뭇거림은 없었다

뜨거운 가슴
훨훨 타버리는 순간에도
눈앞엔 오로지
가물거리는 선홍빛 사랑뿐

그저
그 사랑을 할 수 있어서
그리했을 뿐.

꽃 눈

다시 오지 않을 거면
눈 그치기 전
떠났겠지

동지 볕에도
뜨거운 꽃눈 지그시
마른 등걸 긴긴 겨울밤
그리운 님 생각에
울기도 했겠지

그러다가 속속들이
퉁퉁 부은 눈
숱한 날 밤
어디쯤에 널 그리다가

연분홍 도톰한 입술은
네가 오는 아침
배시시 첫눈을 뜬다.

꽃에게

꽃이 핀다
꽃이라서 아름다운 줄 알았다
신 새벽의 눈물 자국 보기 전까지는

해지면 찾아드는 외로움
너도 견디고 있었구나
비바람 몰아치던 저녁이 있었구나
날 밝으면 절로 피는 게 아니었구나

이른 아침의 눈 맞춤은
어둠을 녹이던 고독과의 입맞춤이었구나
그 여린 꽃술은
혼자 놓인 시간의 연금술사였구나
보이지 않는 아픔의 아름다움이었구나
피기 전까지는
꽃이라고 하지 않는 이유를 알겠구나

그래서 더 곱구나
꽃보다 아름답다는 말은 거짓말이었구나
아침햇살 반짝이게 하는 게 너였구나
따를 수 없는 아름다움이여!
나의 신부여!

겨울나무

누구에게나
겨울은 온다

가진 것 모두 놓은
또 한 번의 고비
빈손뿐인 어깨 위에
눈바람이 매섭다

화려함 지나 혼자가 되는
폐허 같은 시간
외로움도 혹독함도
삶은 살아지는 게 아니라
살아내는 거

바위 같은 나무 밑동의 의연함은
얼어도 얼지 않는
마음의 그 원천

허공에 걸린
빈 가지 끝에 매달린 꽃눈에
오래 눈길이 머문다.

달밤

지붕골에 내려앉은 달은
구월의 밤하늘이 서러워
죽은 듯 고요하다

어슴푸레한 달빛
마을은 침묵에 들고
막연한 그리움에 이끌리듯
뜰 앞으로 내려선다

홀린 듯
세상의 한가운데서
쉼 없이 허우적거리며
소중한 것을 뒤로 한 채
달려온 수많은 날들

달무리 아련한 밤
풀벌레들의 청아한 울음은
잊혀지지 않을 지난 것들을
하나씩 불러내고

먼 계곡 물소리
지척인 듯 적막을 가르면
하염없이 반짝이던 상념들
하나둘씩 별이 되어
하늘에 붙박인다.

가을 시간표

가을의
마지막 무도회

화려하게 치장한 날렵한 걸음
우수수 서로 다른 궤적은
서두름이 역력하다

다른 듯 같은
또 한 번의 가을
쉼표도 없이 달려와 거울 앞에 선
태연한 저 아름다움

정작 이별의 순간
붙잡고 있는 인연의 끈은
가지 끝에 애처로운데

모두 다 내주고
새로 써야 하는 시간표 위에
촉촉이 가을비가 내리고 있다.

 제목 : 가을 시간표
시낭송 : 박영애
스마트폰으로 QR 코드를 스캔하면
시낭송을 감상할 수 있습니다

외길

사랑은
수직의 벽을 오르는 일

어느새 마음은
빨갛게 불타고 있는데

어쩜 당신은
반대편 벽을 오르고 있는지도

하지만
하늘은 내게
당신을 향한 외길을 주었을 뿐

돌아갈 길을
일러주지 않아

오늘을 모두 살라
살뜰히 태우고 있다.

이 가을의 수채화

추분도 지난
볕이 좋은 날
강아지풀도 붉은 여뀌도
구석구석 결실이 들어 묵직한 고개
진중한 자태로
고추잠자리에게도
능히 어깨를 내어 준다

붉은 노을이 채 내리기 전
여치의 마지막 울음이
들녘의 적막에 실금을 내고 나면
알곡이 익어가는 소리
정점을 찍는다

붉은 노을 거뭇이
외진 마을 낮은 집 창문에 불이 켜지면
귀뚜라미의 울음소리
점점 또랑또랑하게 여물어 들고

찬 이슬 내리는
적막한 숲속엔
달빛이 또 한 계절을 비추고
이따금 높은 열매들 떨어지는 소리에
가을밤은 점점 깊어만 간다.

낮달 1

한낮의 고요가
절정에서 멈춘 날

빈 하늘엔
하얀 낮달

부잡스럽던 마음은
기댈 곳을 찾는데

때를 모르는 그리움을
하얗게 그려 냈네

부끄러움 감춘
당신의
그 엷은 미소는

밤새 잊지 말라는
고운 수신호.

낯달 2

기러기 떼를 따르다 놓친
상념(想念)의 가장자리

계절이 바뀌고
또
돌아오는 소리 분주한데

하늘엔
하얀 낯달이

아쉬웠던
기억의 편린(片鱗)들 모아

또다시
화려한 채색을
준비하고 있다.

입술

당신
미풍에 달싹이는
피기 직전의 꽃망울
경험하지 못한 세상
신비한 우주와의
내통을 기다린다

너를 흠모하다
천 길 나락을 보기도 하지만
설레임에 눈이 멀어
천국의 문 앞을 서성이다
영롱한 이슬에 데이고 만다

황홀한 접신(接神)은
사라질 운명일지라도

차라리 눈 감고
그 끝에 샘솟는
독한 독을 마신다.

상사화(相思花)

하늘로 향하는 길엔
붉은 노을이 내려앉았다

이루지 못한 사랑
걸음마다엔
그리움 하나에 미움도 하나
어느새 그리움만 남아 뿌리를 내렸다

살아서는
다시 볼 수 없음을 알지 못한 채
무거운 걸음 옮겨 디딘 자리
계단 마다엔 그 흔적 선명히 남아

억겁의 인연도
가고 나면 그뿐인걸
행여 만나질까
허구한 날 밤을 새워
눈물로 지상(地上)을 채우면
새벽이슬에 터져 각혈하듯 피어난 꽃

훨훨 불타는 나신(裸身)으로
순수의 부끄러움 드러내도
오로지 임을 향해 존재할 뿐

저녁 바람에 하얗게 바래
목이 꺾여도
붉은 마음은 온전히
미동 없이 스러져 간다.

제목 : 상사화
시낭송 : 최명자
스마트폰으로 QR 코드를 스캔하면
시낭송을 감상할 수 있습니다

33

필 때도 질 때도 동백꽃으로

긴긴 기다림은
북풍에 에인 볼 부벼
흰 눈 하염없어 안타까운 날
초연히 가슴만 쓸어내리다
새벽 눈 맞춤
핏빛 가슴 저림의 순간
기어이 그 눈 녹여 피워냈습니다

욕심은
당신을 통째로 내 것이라 해놓고
창가에 오래 붙어
선홍빛 립스틱이 묻어날 듯
쉼 없이 재잘대던 오므린 입술
살포시 포개어 안았습니다

애처롭게
혼자인 날
붉은 주단 펼쳐 한없이 기다리다
노란 꽃술로 환생한 자태에
넋 놓고 그 앞에 무릎을 접습니다

무던히도 애태우다
사랑은 빨갛게 농익었는데
짧은 만남은 저리도 빨리
아침 날빛에 그만 툭 하고
붉은 청춘 낭자한 채 돌아섭니다.

그곳에 가고 싶다

그리움이 현기증 되어
비켜서고 싶은 날은
그곳에 가고 싶다

눈 감으면
양떼구름 천천히 지나가는 곳
나는 피안에 남겨둔 채
마음은 눈이 멀어 게을러져도
마음껏 그리워해도 되는 곳
그곳에 가고 싶다

원색의 그리움을 안고
깊이를 알 수 없는 심해 속
영혼들의 유영을 따라
드디어 그리움이 무너져 완성된 사랑

때론
격렬한 파도의 머리 위에서
앞이 캄캄한 여름날 장대비 속에
지쳐있는 가엾은 영혼
따뜻한 가슴으로 보듬어
내 삶의 진주로 알알이 박혀오는

꿈속 세상보다 조용한
통제되지 않은 그리움
방호막이 제거된 채로 소멸되어
사랑으로 영그는
그곳으로 가고 싶다.

단풍이 지는데

뜨겁게 사랑하다
빨갛게 물이 들었다

바람 없는 아침

매달리는 눈물 떨구고
물든 사랑이 가고 있다

미련처럼
서리 내려 맺히면

그리움도 이젠
사위어 가려나.

봄 마중

봄이
온다기에
마중 나간 길

절집 아래 연못엔
봄 뜻이 완연한데

산중이라
아직 이르니

내일 오라네.

제 2부

사라지는 것은
기약할 수 없었던 가슴 저린 사랑
끝내 말할 수 없던 아쉬움도
공허함에 물이 들고

오늘을 다한 태양이
홀연히 노을 속으로 사라지면
후회는 여운으로 남아
검붉은 바다 위로 내려앉는다.

달빛 지키기

자정이 훨씬 지났을 터
졸고 있는 마음들
숨소리도 고르게
봄밤은 깊어만 간다

모두 돌아간 빈 하늘
보름을 갓 지난 달이
창문에 붙어
곤한 밤을 지키고 있다

한낮의 꽃그늘 그 여운
다독이다 마주친
포근한 미소

작은 수로엔 꽃잎이 융단처럼 빛나고
한낮의 재잘거림은 아직
수면 위에 하얗게 남아 있는데

이 밤 아무도 모르는
그리운 순간들 하나씩 꺼내
달빛에 부끄러움 가린 채
마음껏 부풀어 오른다.

제목 : 달빛 지키기
시낭송 : 최명자
스마트폰으로 QR 코드를 스캔하면
시낭송을 감상할 수 있습니다

능행(陵行) 길에서

왕의 숲길 걸었건만
소인배 걸음 변함이 없네

말 없는 노송(老松) 너머 해 얼핏 기울어
산지기도 괜찮겠다 방금 다짐했는데
발길은 어느새 산 아래 향하고

붉은 노을 저녁의 위로에
흐린 술 생각 감추지 못하는데
어느 벗을 유혹해야
속인(俗人)의 삶 벗이나려나.

서설(瑞雪)

이월에
내리는 눈은
사랑스럽다

현란하게 흩날리는
춤사위는
왈츠곡의 몸놀림

지상에
아름다운 것을 향해
사랑을 흩뿌린다

노송(老松)의 허리춤에
하얀 속삭임은
잠을 깨우고

가로등을 돌아
가지 끝으로
새하얀 꽃눈을 틔운다.

아카시아 그 향기

홀연히 파고드는
네 깊은 심향(心香)
진작 알았지만

시름도 잊은 물컹한 향은
옛날을 불러오네

못 본 지 오래
진작 잊었는데

마향(魔香)의
거부할 수 없는 부름에

당신
아직 그 자리에 서 있네.

진달래꽃

봄보다 먼저 온
수줍은 새댁 지나간 길엔
온통 연분홍 꽃등으로 달아올라
멀리 있어도 그리운 눈빛들
다 네게로 간다

기다림은 길어져
까맣게 타버린 흔적
기억 넘어 외면할 수 없었던 인연
간절함은 불씨로 살아나

네가 있어
넘치는 사랑
건네는 눈빛마다
꽃망울 터지는데

달아오른
농익은 사랑은
어느새
온 산을 불태우고 있다.

그리움 1

꽃이 지면
잊혀 질 줄 알았지요
미풍에 그만
훨훨 털어버릴 줄 알았지요

꽃이 피는 산통에
바르르 떨었을 뿐
꽃그늘에 잠시 가려졌을 뿐

얄궂은 봄비에
또다시
파편처럼 박혀 옵니다

먼 산에
떡갈나무 잎 퍼지고
뻐꾸기 낮게 울면
가슴속엔 빈 쭉정이만 남아
그리움을 삼킨다.

그리움 2

붉은 노을
서산엔 흔적만이 남았는데

느린 걸음은
터벅터벅
멀리 빛의 꼬리를 따라갑니다

이슥히 달은 뜨고
님을 향한 글썽임의 무게
더는 숨길 수가 없습니다

어둠 속
더욱 또렷해지는 모습
지워지지 않는데

밤하늘엔
상처 난 별들
유난히 반짝입니다.

무인도

바람에 무심히 흔들리는
하얀 들꽃
문명의 소리 들리지 않는
침묵만이 저들의 언어

바람결 따라
뜨겁게 거칠 것이 없는데
어느 결에 엉킨 실타래

검은 안개 한가운데서
마음으로 들어온
한 점의 섬

아무것도 없다가도
모든 것이 있는 곳

칠흑의 어둠 건너와
온 마음 툭 내려놓는 곳

당신은
무인도.

봄밤의 세레나데

무르익은 봄 하늘
화사한 꽃들에게도 밤은 찾아오고
천사의 품 안이 따뜻한 시간

잠귀 예민한 여인의
코 고는 소리
모처럼의 봄나들이
꽃향기에 취했나 보다

허구한 날 밤
하얗게 설치는 날 많은
엄마의 자리
아내의 자리
며느리의 자리

가슴이 찡해 오는 소리
뒤척이면 안 된다
숨소리도 죽인 채
하나 둘 셋... 열하나 열둘...

봄밤은 깊어 가고
요정의 목소리인 양
처녀 적 건네던
달달한 향기로

오늘 밤은
꽃들과 나란히
긴 꿈을 꾸고 있다.

라일락

곡우를 지난
정오의 해
구름 몇 점 거느린 채
멈추어 선 날

나긋해진 바람
연록으로 가는 숲에
기대일 무렵

이른
꽃들의 사랑은
절정을 넘어 누웠는데

성숙의 시간
자수정 알갱이 터져
그리움이
통째로 핀
연보랏빛 수수꽃다리

첫사랑이었다

안타까웠던 순간
사금파리에 베인 선혈
가리운 채
내뿜는 사랑

외면할 수 없는 향기
시간도 멈추어 선 그 사랑 앞에
그만
숨이 멎을 것 같다.

제목 : 라일락
시낭송 : 박영애
스마트폰으로 QR 코드를 스캔하면
시낭송을 감상할 수 있습니다

붓꽃

보고 싶다

붓끝을 들어
하늘 한 모서리
파랗게 덧칠하면

그리움은 이제
호수에 내려 비춘다

붓끝이 모두 닳아
더 그릴 수 없으면

그리움도
황무지처럼
야위어 가려나.

빈 잔

원목의 탁자 위엔
둔탁한 시간이 잠시 멈춘 채
내 앞에 빈 잔은
도도히 반짝인다

내 눈과 마주칠 뿐
보채지 않는 새침함은
매 순간이 그리움이고
기다림의 순수만 남은
정지된 균형의 한가운데

늘 비어 있어 두렵지 않고
이미 바닥이니 더는 외로울 수 없고
언제든 채워질 수 있는 외로운 혼자는
누구든 담아낼 수 있으니
오늘은 그대이고 사랑이어라

머리 위의 조명은 그대 편에 있어
속눈썹의 그림자
빈 잔에 흘러내릴 즈음
나의 전부가 되어
투명한 속을 채운다

빈 채로 만나
비우면 떠나야 하지만
지금은 그 빈 잔 채우려 마오
밤비에 그대 곧 오면
비워도 가득한 잔인걸요.

꽃 도둑

수줍은 들꽃 앞에 붙박인
아름다운 눈의 가인(佳人)

오랜 운항 끝에 발견한
뜨거운 시선
그 화끈거림으로
모두 품어버린
마음의 꽃

아름다운 눈(目) 속에 핀
보석함의 반짝임까지
이젠 눈을 감아도 보이는 향기

우주를 담듯
모두 눈 속에 담아 사라지는
당신은 무죄.

낙조(落照)

아스라이
수평선이 가까워지면
멀어지는 해는
유독 짙붉은 물감을 토해낸다

잠겨가는 해는
아쉬움을 노을로 풀어내지만
우리의 삶이 다르지 않아
떠나야 하는 사람
보내야 하는 사람도
못다 한 말을 서둘러 생각해 내곤
붉은 낙조 속에 던져 넣는다

사연 없는 삶이 어디 있을까
노을 잠긴 빛의 저편 너머
간절함을 풀어내면
체온처럼 온기를 더한 갯내음은
아련한 그리움으로 실려 온다

사라지는 것은
기약할 수 없었던 가슴 저린 사랑
끝내 말할 수 없던 아쉬움도
공허함에 물이 들고

오늘을 다한 태양이
홀연히 노을 속으로 사라지면
후회는 여운으로 남아
검붉은 바다 위로 내려앉는다.

계곡(溪谷)의 한담(閑談)

계곡 물속은 참 맑은 세상
모래 알갱이도 세일듯하다
작은 물고기는 부끄러워
제집 앞에서 얼굴을 내밀다가
속이 훤히 투명한 속을 드러낸다

인간은 물속에 오래 담가도
투명해지지 않는다
세상은 언제나
투명해지자고 말하지만
아무도 투명하다고는
말하지 못한다

물속엔 귀가 없다
귀가 없는 세상이다
그래도 시비(是非)하지 않는다
귀가 없는 물고기가
태평스럽게 정오의 유영을 나선다

내가 사는 세상엔
모두 귀가 있다
그런데 모두 괴로움을 안고 산다

때론 귀가 없이도 잘 듣기도 한다
건물과 나무들은
모든 소리를 잘 듣는다
그러나 언제나 시침을 뗀다
대신 아무도 미움을 받지 않는다.

사월(四月)

빈 수로엔
물이 충충 들고

꽃을 사랑한
악인(樂人)의 선율
주체하기 어려운데

욕심일까
너는 나만의 꽃이길

울렁이는
한낮의 봄볕 지나면
서늘히
꽃은 또 질 텐데

멀리 아른거리는 가로등
봄밤의 고민
깊어만 간다.

영월역에서

어느덧
가을볕이 그리운
철길 위엔 스산한 바람이 일고
한낮의 영월역엔 시간이 멈춘 듯
정적만이 감돈다

기다리면 기차는 오려는지…
굽이진 철로 끝을 한없이 바라보던
낡은 의자의 노부부도 떠나고
빈자리엔
고추잠자리가 자리를 차지한다

인적이 그리운 곳
첩첩산중에 찾아온 길손 은근히 반겨
역 앞 산등성이엔
온통 물든 단풍이
뚝뚝 흘러내린다

밤을 새워 달려온 가슴 아픈 사연도
역에 내리면 바람이 되고
갈수록 깊어 가는 그리움도
심지 깊은 동강으로 녹아내린다

인고의 질긴 한을 고스란히 품은
골 깊은 땅
왕손으로 태어나 원망하던 소리
하늘에 닿아
아라리 가락은 고개를 돌고
무지렁이로 태어나 천수를 다하고도
큰바람 부는 저녁이면
뒤척임은 밤새 이어지는데

오늘도
쉬 멈출 것 같지 않은 바람이
역 앞을 맴돌고 있다.

낙화(洛花) 1

새들이 유난스레 운다
꽃잎을 물고
꽃이 지는 오후에 몰려서 운다

풀풀 날리는 꽃잎에
떼려던 걸음 멈추고
형용 못 할 아름다움
자신도 모르게 사랑해 버려
봄바람에 그리 흩날리며 운다

이별은 어설프게 오고
그러한 이별도 아픔은 독한 거
아름다운 것과의 이별은 아픔도 더한 거
아름다운 사랑일수록 빈자리는 더 큰 거
미풍에도 가슴은 에이고
또 꽃잎이 진다

떠나는 이도
보내는 이도
한 번도 혜량(惠諒)해 본 적 없는
이젠 간직함만으로 대신해야 하는 거

봄바람은 가지 끝에 울고
아픈 날이 가고 있다.

낙화(洛花) 2

바람에 흰 눈 흩뿌리듯
꽃잎이 지고 있다

무관심한 순간에도
인연의 종착역
서럽지 않은 이별이 있으랴

분홍빛 연서의 실 끝에
혼신을 다해 매달려도
멀리 뻐꾸기는
부질없다 울며 가는데

두 눈 지그시
이제는 가야 할 때
네 울음 등 뒤로 듣고도
가슴으로 고인다

뚝뚝 밟히는 꽃잎에
점점이 흐려 오고
짧은 낙화에
얇아진 유리 가슴이
또 한 번 흔들리고 있다.

춘 정(春 情)

두둥실 나들이 길에
산수유꽃 피었네

나선 발길 반가움에
소매 걷고 어루는데

시샘 난 벌나비
성화가 났구나

그래그래
내가 탐한 것이
너와 다르지 않으니

노여움 거두시게
곧 지나갈 봄바람에
잠시만 취해 가겠네.

수박풀 향을 따라

짙어가는 여름의 향기
손등 위에 두드리면
마술처럼 수박 향이 진했다

어루만지는
살 내 풋풋한 유년의 향기
청량한 순수만이 오롯이

너에게
무엇으로든 다가서야 했던
긴 기다림 일기장 너머

꼭 한 번의 사랑을
꿈꾸던 자리엔

수박 향의
은은한 날빛 그리움이
짙게 묻어난다.

그 꽃일랑 따지 마오

꽃나무에 앉은 지빠귀야
네 노래 곱다마는
그 꽃일랑 따지 마오

하늘하늘 지는 꽃잎
네 탓이라 하진 않으리

다만 님이 오지 않아
꽃 다 질까 마음 졸일 뿐

소인배라 놀리어도
네 편이 되긴 어려우리.

기다림

그믐밤은 깊어 가고
빈 잔이 채워지는 소리
심장 바닥까지 내려앉고서야
원하는 걸 알게 되었네

심난하다
내 앞에 있어야 할
잔의 주인이 분명해져서

절망스럽다
그 잔의 주인은
오늘 밤
결코 오지 않을 것을
알게 되어서

밤은 깊어 가고
문밖에 그 사람이 왔다는 거짓말
내일은 해가 사라진다고 한 이의 말이라도
믿고 싶다.

별리(別離)

아침 해 환하게 뜨고
서늘한 가슴이 뜨거워질 때까지
모든 것은
순간이었음을 몰랐네

한낮의 햇볕 받은
자운영꽃 흐드러진 자리
당신이 있어
고운 꽃방석이었음도 미처 몰랐네

조금은 데면데면했던 당신
가슴엔 언제나
빨간 동백꽃을 품고 있었음을
노란 꽃술을 매만지고 있었음을
돌아서는 뒷모습에 감추고 있었네

당신
거친 황무지에 핀
단 한 번뿐인 꽃이었음을 알았을 땐
지는 해를 따라
걸음을 옮겨 디디고 있음을 보았네

분명 나란히 섰던 당신
붙잡을 길이 없기에
멀어지는 등 뒤에서 물끄러미
하염없는 해가 더디 가기만을
기도하고 있네.

목련꽃 내 사랑아

짧은 봄볕에
빼꼼히 내보인 속살
바람의 희롱에
그 마음 부끄러워
먼저 눈을 감았네

무슨 말을 건네리
나신(裸身)의 순수에 마비된
순백의 미소에
눈길 두기 어렵구나

흐린 달빛에
용기 내어
네 앞에 다시 섰지만
화광(化光)을 쓴 듯 빛나는 자태
그만 말문 닫고 말았네

야속한 마음
가로등 아래 처연히
사랑했노라 되뇌어 보지만
이 밤이 새고
무거운 아침 이슬 지고 나면
무엇으로 남으려는지.

면화(棉花)밭 가에서

삶이 팍팍한 날엔
나를 유배 보내자
두 발에 실어 아주 멀리

산 능선 따르는 파란 하늘 아래
이름 모르는 풀들 유심히 보다가
목화송이 하얀 밭가에 서서

앙상한 대궁이
굳이 그 연한 꽃송이
피었다 진 사연 묻지 말자

짧은 한 철을 살고
저리 당당히 떠나는 것들
떠나며 남기는 이 아름다움
나의 팍팍함은
너의 마른 대궁이거니

마른 가지 끝
저 탐스러운 눈꽃 송이
사라지며 피는 꽃
너는 결코 볼 수 없는 꽃

나는 오늘
너보다 더 팍팍할 수 있을까.

제 3부

마음 끝에 자리한 채
숨죽여 살아온 날들
감춰 두었던 이 화려한 변신은
꽃보다 아름다운
오늘을 위한 것이었구나

묘지 길을 지나며

묘지로 향하는 여름 숲
키 작은 것들은 목을 길게 늘여
오후의 마지막 볕을 잎사귀 안에 감싸고
목이 쉰 뻐꾸기는
아직 끝나지 않은 하루를 붙잡고
짧은 울음을 울고 간다

모든 소리가 숨어버린 적막 속에
생명 없이 존재하는 이름들
방향 모를 인동덩굴의 질긴 향만이 숙연히 깊어 간다

주검조차 떠난 휑한 자리엔
남은 오석(烏石)의 비문만이
승천한 이의 영혼을 달래듯 반짝이는데

어떤 사람이었을까
이름 없는 꽃들 앞에 무연히 앉아 보았을까
지는 해를 보며 눈물을 글썽인 적이 있었을까
가까운 사람들을 충분히 사랑했을까
마지막 남긴 말은 무엇이었을까

아무도 묻지 않고 대답하지 않는 곳

잡초 아래 평온이 깃든 해와 달이 무심히 지나가고
천상과 지하의 거리가 가장 가까운 곳
말을 잊은 지상의 것 하나가
이름 없는 풀과 비석과 자신의 이름을
나란히 놓아 본다.

봄바람

사월
시샘 낸 꽃샘바람
제법이다만

벙글어진 진달래는
분홍치마 휘감기어
바람이 났구나

부드러워진
지빠귀 울음소리는
분명 사랑을 앓고 있는데

아랑곳 않던
우리 님도
춘객(春客) 속에 섞여 오려나.

사랑한다면

사랑한다면
지금입니다

그 화사하던 봄꽃도
지난밤 이슬비에 져 버렸습니다

누구도 벗어날 수 없어 발버둥 치는 삶
벗어나지 않아도 되는 건 당신뿐입니다
세월이 더 가기 전
바로 지금입니다

빨간 장미가 아름다운 것도
떠오르는 아침 햇살이 눈부신 것도
눈 마주치는 당신이 있어서입니다
풀잎에 맺힌 이슬이 마르기 전
속눈썹 살포시 사랑할 때입니다

모든 순간은
바람처럼 지워져 사라집니다
지워지지 않는 건
당신과 내가 짠 사랑뿐입니다

마음속 영원한 사랑은
지금 내 앞에 있는 당신입니다
바로 지금이 사랑할 때입니다.

설매(雪梅)

어제는
이른 봄바람

오늘은
눈을 맞았구나

울지 마라
홍매(紅梅)야

임은 이미
네 안에
와 있는 것을….

여귀꽃

유독 붉어
문 앞까지 내린 단풍

멀어지는 해는
절절이 아쉬운데

붉은 여귀꽃
먼 길손을 불러 세운
애처로운 눈빛

가을이 드는 마음
너와 다르지 않네.

첫눈

첫눈이 온다

걷다가 걷다가

어느덧
하얀 마음
하얀 세상

잊은 것도
잃은 것도
다 잊고

종일
눈밭에 머물고 싶다.

논두렁 길

구불구불 돌아
함께 걸어도 혼자가 되는 길

눈을 감고는 갈 수 없는
삶은 언제나 논두렁길

새참 광주리 멀리 보이던 외진 길에
민들레꽃은 바람을 타고
흐드러진 하얀 망촛대 탐스러이
그 끝엔
그윽한 눈길의 기다림이 있는 길

잠시 피고 지는 들꽃의 마음은
매 순간 이별을 하고 스쳐 가지만
언제나 아쉬움을 남긴 채
되돌림 없이
혼자 걸어가는 논두렁길.

눈을 맞으며

펑펑 내리는 눈은 따뜻하다

눈송이 마다엔
얼마간의 그리움과
얼마간의 눈물을 남기고 간
뜨거운 영혼들의 편지글

부서지지 말고
깨지지도 말고
어깨 위에 사르르
다 비우고
하얀 햇솜 이불 덮고 있는
따뜻한 사랑의 당부

돌아본 모든 서러움도
눈 녹듯 곧 지워질 발자국
지워지지 않을 소망 하나 품으면
따뜻한 세상

미동 없이 눈을 받아내는
어린 나뭇가지 위에
머지않은 봄이 내려 쌓이고 있다.

겨울 강 1

인적 끊긴 강나루
삿대만 두고 떠난 작은 배엔
찰랑이는 강물 소리 들으며
고드름이 얼고 있다

깊이를 모르는 강엔
모락모락 김이 피어오르고
내 꿈은
저기 어디쯤에서 건져지려나

언 강을 녹이고
파란 하늘을 향해 마음껏 날아올랐던
시절 아련한데
뉘엿뉘엿 기우는 해
하루 여정이 맵차게 지나가고 있다

기다림의 시간
기러기 떼 무리 지어 멀어지면
하늘에 붙박인 묵상(默想)의 무게에
수많은 꿈의 조각들이
겨울 강 위로 하나 둘 내려앉는다.

겨울 강 2

결박된 결빙에도 멈추지 않는 흐름
경계 너머 고르게 흔들리는 네게서
가라앉은 심장의 박동 소리를 듣는다

성난 황소의 숨소리인 양
주체하지 못한 뜨거움을
겨울 강에 송두리째 던져 놓고
우렁우렁 밀려가듯 지나온 삶

질풍노도의 한계 없는 삶도
너의 냉정함에 기대어
정갈한 정한수 안에 녹아들어
시간으로 풀어내야 했다

이제 결빙의 끝 지점
궁극의 세상 가까이에
모든 것을 삭이고도
무념무상의 흐름은
그 무엇에도 거스름이 없는데

거슬러 돌아가라 한다
성엣장 넘어 더 부딪치고
더 낮게 한눈팔며
세상의 강물 해맑아지도록
천천히 천천히.

제목 : 겨울 강 2
시낭송 : 최명자
스마트폰으로 QR 코드를 스캔하면
시낭송을 감상할 수 있습니다

무제(無題)

색 바랜 나뭇잎들
서릿바람에 하늘로 솟으니

아마도 님은 아예
멀리 떠난 게 분명하네

동면(冬眠) 잊은 그리움은
겨울 볕에 선잠 깨고

잊고 있던 난(蘭) 화분도
꽃대 올린다 수군거리는데

동지(冬至) 밤에도 원앙새 울음
꿈결처럼 들려오면

우리 님 시절 넘어
한걸음에
달려오려나.

가을밤

풀벌레들의 울음소리
한 밤내 이어지는데
잦은 뒤척임에
생각은 멀리
점점 골똘해진다

별이 떨어지는 뒤뜰엔
서늘한 기운 완연하고
먼 산은 안개에 갇혀
단풍으로 은밀히 익어가는 밤

어느덧
그리운 이
섬세하게 자리한 채
가까이 온 옛날을
거닐고 있다.

봄은

안 오는 듯 모르게
다가온 봄

건네는 눈빛마다
은근한 사랑

당신 모르게
옆에 서고 싶은 날

눈치 없는 봄
벌써
지나고 있네.

비 오는 날

태양이 사라졌다
간사한 마음을 접고
네 편이 되어 보자

얼굴에 후둑이는 빗방울은
온몸으로 퍼지는 생명의 기운
고대하던 이웃들의
넉넉해진 환희

비가 오는 날은 웃자
나를 돌아보며
목젖이 보이도록 웃자

오늘 하루는
속 보이는 사람이 되어
너의 표정 헤아리는
쉬운 사람이 되어 보자

온몸으로 비를 받아 내는
넉넉한 사랑 앞에
가슴으로 번지는 벅찬 미소
웃자!
들녘에 뿌리는 빗줄기가
휘어지도록 웃어 보자.

꽃차

기러기 지나간 길
코스모스 핀 길

걷다가
쪼르르

따뜻한
꽃차 한 잔을 마셨다

짜르르

어느새
몸속 깊이
꽃물이 들고 있다.

구절초 핀 길을 따라

오늘은 오로지
당신을 향해 있습니다
당신만을 향해 갑니다

낮은 능선 길 접어들면
어느새 구절초 하얗게 피었습니다

당신의 지게 등태엔
언제나 배어 있던 체취
가까이하기 어려웠던 기억
오늘은 가을볕 따사로이
구절초꽃 피었습니다

두세 송이 곱게
당신 앞에 앉으면
속세엔 없는 영혼의 꽃
닮은 듯 은은함은
언제나 가까이하고 싶은 사랑이었나 봅니다

오늘따라
쉬이 돌아설 줄 모르는데
한없이 흔들리는 작은 어깨 위에
당신의 손길 오래도록 따뜻합니다.

담벼락

난 너에게 벽이었을까

얼마나 높은 벽으로
네게로 오는 빛을 가리고
네게로 향한 생명수를 고갈시켰을까

때때로 너의 성장을 막고
홍두깨를 둘러메고
형극의 가시처럼 굴지는 않았을까

난 너에게 담벼락이었을까

땅에 납작 엎드린 민들레
한겨울 매서운 북풍을 막아
발아래 작은 생명을 지키는 돌담이었을까

숱한 비바람 맞고
오래도록 바래고 나서야
돌담이 눈에 들어왔다
바람길 터주는 돌담
생명을 기르는 담벼락이
바람길 숭숭 난 가슴으로 들었다.

산국화(山菊花)

뉘엿뉘엿
가을걷이 무렵이면
물씬 했던 그 향기

존재감 없이
돌아온 길 멀어
지난 서러움 한꺼번에 터뜨린다

오래 바라봐 준 당신
샌 노란 산국화 앞에
마주한 고운 미소
아직도 그 향기 깊은데

미소 가린 잔주름에
독한 향 묻어나는 눈물
지나고 나면 화려함도 서러움인가

세월은 무수히 지나쳐 가도
오래 지워지지 않을 흔적
세상엔 없는 향 뿜어내는
새록새록
그 진한 당신의 향기.

제목 : 산국화
시낭송 : 박영애
스마트폰으로 QR 코드를 스캔하면
시낭송을 감상할 수 있습니다

가을엔 아름다움이 서러워

가을엔
아름답지 않은 것이 없구나

봄꽃 흐드러지고
여름 망초꽃 지천으로 덮여도
눈길 한번 없더니

긴 염원의 숙성 시간 지나
가을꽃들의 진한 향은
가는 곳마다 몽롱하고
빈틈없이 촘촘한 조팝나무
눈길 한번 준 적 없던 붉나무도
늘 선한 그늘의 느티나무도
여름내 숨어 벼려 온 잎들의 변신

마음 끝에 자리한 채
숨죽여 살아온 날들
감춰 두었던 이 화려한 변신은
꽃보다 아름다운
오늘을 위한 것이었구나

화려한 절정의 무도회는
나를 잊지 말아 달라는
강렬한 색채의 춤사위
이 진한 그리움의 언어는
이별을 위한 것이었구나

찬 이슬에 뚝뚝
떠나며 남기는 마지막 꽃인 양
이별이 다가왔음을
예견한 것이었구나

눈물샘도 마른자리
가을엔
서럽지 않은 것이 없구나.

염하강가로 벗이 왔다

눈을 뜨면 또 새날
가야 할 길이
가고 싶은 길이길 소원하지만
돌아보는 날 잦아 지네

삶은 매번 외로운 시작점
생경한 염하강 길에
그리운 벗 나란히 서면
세월보다 빠른 물살은
좀 늦어도 괜찮다 위로하네
함께 가는 벗이 있으니
오히려 부럽다고 귀띔하네

등 기댄 철책 가의 쉼은
달려온 봄 하늘 위에
연록 빛의 황홀한 취기
나눠 마신 탁주 탓만은 아니라 하네

시간도 게으른 염하강변
벗과 나란한 금빛 윤슬은
꺼지지 않을 내 삶의 반짝임.

* 염하강 : 대명리와 강화도 사이의 바다.

단풍 1

밤을 샌
계곡 물소리
가을을 부른다

여름내 감춰 온
그 뜨거웠던 사랑

그리움은 호수에 빠져
이별주를 건네고

사랑했던 흔적
점점 홍조를 띠면

더는 숨길 수 없어
온 산을 불태운다.

단풍 2

미처 몰랐어요

기러기
밤에도 날아
더 붉어진 줄을

반쯤 기운 달도
내내 지켜본걸
정말 몰랐는데

아침이면
오색 눈물 낭자하게
이별을 고한다.

친구

소주 한 잔에
마음은 두 잔

세상은 단순히
네가 오거나 내가 가는 거

모처럼의 파안대소
드문드문 세상사
잔 속에 던져 넣는 횡포에
안줏거리 넉넉한 저녁

허세 버린 언어는
희미한 조명 아래 유창하게 빛난다

느린 걸음
집으로 돌아가는 길
컬컬한 애기 모두 잊어도

마음은
이미 열 병.

팔월의 회한(悔恨)

뭉게구름 빚어낸
파아란 하늘은
고혹적인 미소
흘릴 듯한데

대지는 펄펄 끓는 아우성
청춘의 그리움 무너지던 날
서러움 쌓아 놓고
노여워 노여워서
불판 위에 종종걸음
이리 뜨거운 춤판을 벌였는가

매미들의 울음도
훅 훅
숨이 막혀 끊기는데

이루지 못한 사랑
그 뜨거움
풀지 못한 한으로
님 떠나간 자리

차라리
삭이지 못한 미련 거두어
훨 훨
불태우고 가리라.

그런 사랑

설레임 하나로
정해진 아무것도 없는 바람처럼
거침없는 질주
결코 길들여 지지 않는
그런 사랑을 하고 싶다

사랑은
자유의 순수 이상
모든 걸 놓은 채로
빛나는 너를 향해 돌진하다
눈을 뜬 채 덫에 걸린
그런 사랑을 하고 싶다

붉은 노을 훨훨 태우고
한 점의 후회도 없이
육지 끝 마지막 절벽에
하얀 포말로 스러지는
그런 사랑을 하고 싶다.

너에게로 가는 길

가시밭길 지나
꿈속이면 자리 나도록 다녀온 길
언제고 가고 싶었던 길
입가엔 번지는 미소 환해지는 길

여기도 만개한 봄꽃 사이
새들의 노랫소리
낭자하게 흐르지만
거부할 수가 없는 길

돌아올 수 없을지도 모른다는
알 수 없는 설레임으로
들떠서 가는 길

결코
돌아오고 싶지 않은 길
돌아올 길을 지우며 가는 길

너에게로 가는 길.

눈 내리는 날

눈이 온다
점점이 날려
거침이 없다

승천하는 황홀함에
오롯이
하늘을 향하면

지붕에서
뜰 안 거실로
발목을 지나고
이젠 내 안에 내린다

안과 밖이 조화로운
옛날을 넘나드는
하얀 세상

꿈이 땅으로 내려와
응고되지 않은 그 따뜻함에
눈물이 되어 흐르고

손발 아리던 기억도
가슴 설레던 그리운 이름도
종일
순백의 울타리 안에 맴돌고 있다.

만월(滿月)

먹먹하게 어두운 하늘
모자람 없는 넉넉한 달이
제멋에 겨운 듯
대낮처럼 부끄럽다

덤덤히 내려다보며
차면 기우는 길에
떠나면 오지 않는
그 많은 세월에도
묵묵히 씻긴 듯이 새롭다

한낮의 소란이 가라앉은 도시는
이제 침묵의 시간
서로의 고단함을 어루만지는
낮은 대화 이어지고
높이가 다른 지붕 위엔
지켜보는 달빛이
더없이 따뜻한데

어디선가 간절한 기도는
잠 못 이루는 영혼의 또 다른 부름
올려다보는 글썽임과 마주친 달이
중천 하늘에
보석처럼 빛나고 있다.

제 4부

철새들 서둘러 돌아간 강변엔
정적만이 흐르고
옷깃 풀린 작은 물결은
봄볕 따라 반짝인다

잊었던 기억은
파아란 하늘을 향하고
어느새 봄보다 먼저 가슴을 열어
아련한 흔들림으로 다가온다

까치들의 해넘이

동짓달 열이레
짧은 해가 지고 있다

어디로 가려던 걸까
그 요란하던 입을 닫고
일제히 피뢰침 끝에 모여 앉아

아쉬운 걸까
아까운 걸까

붉은 노을은
점점 사위어 가는데

아직도
피뢰침 끝에
매달려 있다.

억새꽃

오뉴월 땡볕에
타 죽는 줄 알았다

폭풍우에 휩쓸려
내일이 가물가물할 때도

산다는 것은
죽기로
버텨내야 하는 것임을 알았다

별들의 사랑으로
평온한 밤
가장 빛나는 반짝임은
살아 낸 자를 위한 찬양의 폭죽놀이

새털구름 헤살 짓는
억새꽃 손사래가
오늘은
꽃보다도 곱다.

봄 길

먼 산의 운무(雲霧) 봄 길에 내리고
홀린 듯 이끌려 나선 길에
아지랑이 아른아른
앞잡이 선다

아련한 기억 속의
지난해 그 양지꽃
어느새 길 모서리 나와
수줍게 웃고 있다

빠르게 지나쳤던 지워진 길에
색 바랜 그리움 모두 불러
이 봄 또다시
넘치는 사연으로 피어난다

돌아본 세상은
또다시 멀어져 가겠지만
오늘
봄 길에 이끌린 나비는
나풀나풀
세상 밖으로 나들이 간다.

수레너미재 가는 길

들바람 산바람도
길을 잃은 곳

오르는 고갯길에선
잠시 멈춰도 된다길래

삶의 여정 거슬러
되짚어 보네

힘들면 쉬어가라
일러줘 알건만

쑥부쟁이 손짓에도
지나치고 후회하네

낙엽송 긴 가지는
위로하듯 여유로운데

종종걸음 늦추지 못해
가쁜 숨만 내쉬고 있네.

※ 수레너미재 : 원주 치악산 둘레길 3코스에 있는 고개

101

춘래불사춘(春來不似春)

봄은 왔다는데
내 뜰 안 어디에도
기미가 없네

봄볕 내려온 양지엔
아지랑이 오르고
집을 나선 소녀의 볼은
홍조를 띠는데
빈 바구니엔
아직 바람만 인다

조급한 마음은
피지 않은 꽃망울에
눈이 가는데
내 안에 네가 있으니
봄이야 오겠지

작년보다 더한 기다림
지나고 나면
내가 서 있는 여기가
꽃밭인 것을.

밤꽃 또 피었네

꽃 다 지면 부끄러워
아닌 듯이 피어

먼발치 뵈지 않아도
가슴으로 스며든다

달빛 흐려 몽롱히
장미의 뜨거움 견주다가

은근한 풀풀함에
구름도 주춤 잠 못 드는 밤

떠오르던 이 넌지시
미소 지으며 사라진다.

벗에게

엄마 팔아 친구 산다
이제는 알 것 같네

이놈 저놈 해도
거슬리지 않으니
살 만한 벗이 맞네

걸어둔 시간 짧시만
벗이 건넨 환한 미소
시간도 주춤 넘겨다보네

늘어가는 흰머리
측은한 눈길 거두시게
늙지 않은 마음인데
무엇을 염려할꼬

이제 곧
봄바람 일렁이며
꽃향기 밀려오네
새 신 갈아 신고
훠얼 훨 꽃그늘에
꽃비 맞으러 나가보세.

미련

삶은
늘 모자람의 연속
아쉽지 않은 날이 있었으랴

한창 핀 갈대꽃은
짧은 겨울 해가
못내 아쉬운데

어린
물푸레나무는

아예
지는 해를
붙잡고 섰네.

눈 오는 날 1

지난(至難)한 세월에
어찌 생각이 안 났을꼬

묻는 이 없으니
말하지 않았을 뿐

흰 눈은 내리고
뿌연 시야 속으로
멀어지던 뒷모습

하얀 언덕길에
꾹꾹 찍히는 발자국엔

그날처럼
애틋한 심사만이
하얗게 덮히고 있다.

눈 오는 날 2

자작한 눈발
마음 밭에 빗장이 열린다

발밑 눈 밟는 소리
하얀 구릉지를 넘어
점점 가벼이
나무들 가지 끝에 쌓인다

너만 보였던 날
빗속에도 미동 없이
무지개 기다리면
이미 뽀송해진 속내처럼

순백의 시간
감히 덧칠할 수가 없는데
한결같은 눈발에
경계 사라진 마음은
쌓여가는 눈 깊이만 가늠하고 있다.

가을 스케치

게으른 흰 구름 한가한 정오
쑥부쟁이 하얀 꽃술에
나비의 졸음이 정겹다

알곡이 익어가는 들녘
따사로운 가을볕을 베는 분주함조차
여유롭게 다가온다

가을을 그리는 철새들의 군무에
밭 가의 빈 말뚝도
가을을 타고
보이는 것마다 모두 시가 된다

흔들리되 꺾이지 않은
여름날의 위대함 앞에
여울목의 유연한 물넘이처럼
그렇게 넘어야 하는
마음의 서러움도
점점 가을이 들어가고 있다.

봄이 지나는 길목에서

철새들 서둘러 돌아간 강변엔
정적만이 흐르고
옷깃 풀린 작은 물결은
봄볕 따라 반짝인다

잊었던 기억은
파아란 하늘을 향하고
어느새 봄보다 먼저 가슴을 열어
아련한 흔들림으로 다가온다

기다림이 간절했던
내칠 수 없었던 기억의 편린(片鱗)들
잊기도 하련만
아지랑이처럼 어김없이
봄 하늘로 떠오른다

긴 기다림 이겨내고
봄을 먼저 알아본 산수유꽃
그 은은한 향에 눈감으면

이 봄 가기 전
너는 시시(時時)로 떠올라
잠 못 드는 뜨락 꽃그늘에
오래도록 서성이겠지.

제목 : 봄이 지나는 길목에서
시낭송 : 박영애
스마트폰으로 QR 코드를 스캔하면
시낭송을 감상할 수 있습니다

빗소리

후두두두둑 쏴아아
플라타너스 높은 나무들을 지나
운동장 끝에서 교실 창문으로
달려오던 빗소리에
일제히 초롱초롱 한눈팔던 기억

우산 없이 교문 밖으로 내달리면
얼굴에 와 닿던
그 요란하던 빗소리의 감촉

많은 여름이 가고
또 비가 내린다
비도 나이가 들고
참 다양한 소리로 내린다
케케이 쌓여 있던 그 옛날의 순간들도
문득문득 빗소리에 섞여 오고

더 많은 걸 알았을 땐
소리 없이 내리는 무심한 비에
우산을 쓰고도 가슴 깊이 젖어 든다

때론
비가 오지 않는 날에도
비는 그 옛날의 소리 되어 내리고
희뿌연 운무(雲霧) 속에
잊혀진 것들과 함께 젖어 든다.

마음의 무게

그리 무겁더냐
그리 힘들더냐

반생을 넘긴 세월
깊은 주름 패이며
독하게 이겨내고도
덜지 못한 마음

아련한 봄 하늘에
둥둥 민들레 홀씨 뜨던 날
맷돌 같던 마음
두둥실 따라 오르네

짓누른 무게의 허상
홀씨보다 가벼운 것을
보물인 양 끌어안고
놓지 못하네.

군자란의 유혹

진녹색의 은근함
없는 듯한 자태
이제 막 세상을 향한 날갯짓으로
우리를 막아선다

겉과 속이 같지 않아
서로를 믿지 못하는 우리를 향해
수직으로 내려선 뿌리
하늘과 땅의 이치에 거스르지 않고
그대의 의연함은
이름으로 남았구나

나답지 못하고도
너다움을 쉽게도 지껄이는 세상에
시대를 아우르는 군자의 모습
오늘도 감로수 한 모금이면
하루가 간다

달항아리의 자태를 닮은
천의무봉의 날갯짓
제 새끼를 품고 있는 어미 새의 자애로움이
이른 봄을 녹이고 있다

모난 데가 없이
사람들 사이에 섞이고 싶어
내가 가진 향기는 처음부터 없었던 것인데
바람이 없는 날을 골라
머리엔 화관을 쓴 채
선한 연지 빛 향기에 홍조를 띠면

오늘은
너를 몰랐던 시간
지우고 싶다.

겨울맞이

섬뜩한 바람
예외라곤 모르는
냉골의 심장을 달고
냉정한 말들만 골라 하는
족속들이 몰려온다

떠나는 가을
단풍이 다 지도록
넋 놓고 바라보던 빈 가슴에
서둘러 군불을 지피고

새벽을 기다리던
아침이 고픈 수많은 생명들처럼
까치발을 하고
아침 해를 기다려

탈진한 마음
캐시미어 깃털 속 염장한 채로
새벽이 지나도록 식지 않을
뜨거운 심장을 장착한다

때로 꺾이고 넘어지는 우리들의 삶은
떠나는 계절보다
떠난 자리가 늘 크지만
삶의 윤회(輪迴)의
피할 수 없는 길목에 서서
또 한 번의 절망을 살아내라 한다.

산 첩첩(疊疊)에도 그리움 하나

겹겹이 산중에
오는 이 없는데

때늦은 송화(松花)만
성화가 났구나

뻐꾸기 울고 난 뒤
아직도 산 중인데

두고 온 그리움
감출 수 없는 마음

혹여 봄바람에 눈치채어도
못 본 채 그냥 지나시구려.

가을을 따나 보내며

절정을 넘은 단풍
떼 지어 날아가는 기러기들의 웅성거림은
심연 깊이 가라앉은 삶의 실타래를 찾아
감당하기 어려운 허허로움을 끄집어 올린다

실바람에 헤프게 흘려버린
눈웃음마저 거두고
고운 인연 놓고
이제는 작별을 해야 할 때

가슴속 깊이
계절 너머 내통한 원죄를 넘어
마지막 화려한 이별을 위해
가장 가벼워진 영혼이 되어야 한다

어디든 훌쩍 나서면 되는 날
한낮을 달궜던 날갯짓은
속울음을 깨우고
정해지지 않은 내일을 찾아
이젠 떠나야 한다

단풍 지면
빈자리에도 흔적은 남아
살얼음판 여린 마음은
미풍에도 금이 갈 듯
아려 오지만

너는 떠나고
나는 남아
마른 저녁을 쓸어내린다.

십이월의 강변 풍경

먼 곳의 북풍 바람
통째로 강변에 내쳐진다

모든 것이 멈춰버린 곳
하얀 머리 틀어 올린 억새꽃
그 차가운 물결 빗어 넘기면
요란한 바람은 이제 눈으로 든다

갈대의 흔들림은
어느덧 소리가 되고
미처 다 못하고 떠난 이야기들을
쉼 없이 들려준다

생명도 사랑도 얼어버린 강변엔
멀어진 겨울 볕만이
발밑에 남아 있는 기억을 찾아
하염없이 서성이고 있다.

칠월의 새벽 아침에

칠월의 새벽 아침
빼꼼히 열린 창문 밖에
이름 모를 여름새가 운다

여명과 함께
시공(時空)을 초월한
방해받지 않은 울음
온전한 새벽과의 하모니

함부로 돌아눕지도 못하고
숨죽여 너에게 빠져든
나만의 반쪽짜리 인연의
행복한 아침

거미줄보다 촘촘한 인간사
의미 없는 건 존재하지 않는
이승의 초여름

나는 오늘 어떻게 살아야지?
아침 해가 뜨고 있다.

삶의 원죄

삶은
살아지는 것인가
살아내는 것인가

아무나 세상을 가질 수 있는 건 아니야
운명을 얻은 자만이 누릴 수 있지
선택받은 당신은 살아내야 하는 거지

꽃나무에 부는 미풍도
허리가 꺾이도록 몰아치는 바람도
결코 내가 부른 것은 아니야
그러나 꽃은 바람을 탓하지 않아
언제나 나를 넘어 살아내고 있지

삶은 언제나
한 번도 안 가 본 길을 가는 거
그래서 언제나 설레고 신선한 거지
종종 이를 망각하고 지겨워하지

너무 잘하려다 넘어지기도 하지
하지만 넘어진 삶도 하찮은 건 아니야
절망 속에 다져진 뜨거운 눈물
그 눈물로 살아내야 하는 거지

때론 지금 하고 있는 걸 잠시 멈춰야 되지
그래야만 보이는 게 있지
우린 그걸 사랑하면 되지

삶은 살아지는 게 아니야
살아내야 하는 거지.

한 번은 꽃이고 싶다

찬 이슬 반짝임은
다급한 신호
눈길 한번 없던 여름 내내
야속한 시간 속울음으로 삼키고
심연의 뜨거움
더는 감출 수 없습니다

받은 사랑이 없이
사랑할 수 없는 것이 아니라
또다시 찬 바람 일어
못 본 채 지나쳐 버릴까
홀로 간직해 온
붉디붉은 사랑

노란 산국화 물들이는 아침
단 한 번의 사랑을 위해
오래 간직해 온 독한 향기로
마지막 불꽃 태우다 스러지는
꽃이고 싶다.

호접란

새벽의 미명(未明)
안 보는 듯 건넨 눈인사는
혼자만의 사랑이었는지 모르지
때때로 표정 가득
가까이 불러 놓고
보라는 건지
보여 달라는 건지

무덤덤한 낯빛이지만
미세한 인연의 거미줄 안에
잠시 일상을 놓으면
마주 보는 환한 미소
봄볕보다 따사롭다

굳이 말하지 않은 약속
밖은 아직 한기(寒氣) 당당한데
아침볕에 눈인사 나눈 자리엔
어느새 노란 나비 한 마리
부시시 깨어나고 있다.

그리움은 길이 되어

길을 간다

같은 듯 다른 길
돌아갈 수는 없는 길

해는 서산으로 기울고
마른 억새는 바람에 사각거리는데

돌아보면 아득한 거리
초롱초롱한 눈빛 마주 보며
꽃길에 어울렸던 길

두고 온 시간 모두 꺼내
말벗 되어 옆에 서 준다면

남은 길 천 리라도
밤을 새워 걷겠네.

막창집에 해 기우는데

전골 이 인분에
소주가 한 병

부스스 마주한 얼굴엔
숨길 수 없는 삶의 무게
예외 없이 패인 흔적

거울 없이도
내 얼굴이 보이고

서로의 잔엔
남은 술이 절반

비워야 하나
채워야 하나

오늘을 다 비우면
위로가 되는 걸까

더한 슬픔이 오기 전
마지막 잔을 털어 낸다.

봄 봄

봄바람
먼저 알아본
버들강아지

솜털 보송보송
물이 오르고

양지 끝 산수유는
꽃샘추위 시샘에 주춤 섰는데

하롱하롱
성급한 나비 춤춘다고

나비를 탓할 수야….

민들레꽃

바람 골 양지바른 언덕
겨우내 모든 생명 잠재운 자리

질긴 생명줄
민들레꽃 한 송이
봄볕 받아 따사롭다

짧은 계절 너머
나를 사랑한 대지는
두 손 모아 꿈꾸던 하늘 향해
화사한 사랑으로 봄을 노래한다

짧은 만남에
가진 것이 많으면
미련도 많은 것을

뜨거운 인연의
심해 같은 사랑도
잠시 취해 가는 연기(煙氣)인 것을

훌쩍 떠날 수 있을 만큼 사랑하고
잊을 수 있을 만큼만 바라보다가

미풍에 사뿐히 날아오른다.

병원지기의 눈맞이

사각 창문에
자작한 눈발
비껴 깔리는 눈은
병원 뜰을 휘돌아 내려앉는다

먼 산의 능선을 가려
보이지 않던 하늘인데
어느 결에 눈앞에서
따라오라는 듯 내린다

눈발을 세고 또 세고
승천하면 훌훌 털고
병원문을 나설 수 있을까
간절함은 얕은 희망을 품고
하늘을 오르는데

창문에 매달린
수많은 눈들의 소망을 가늠하는지
초점 흐린 마음의 끝자락으로
눈은 자꾸 내려
쌓이고 있다.

오계절의 여백

오흥태 시집

2024년 8월 26일 초판 1쇄
2024년 8월 28일 발행
지 은 이 : 오흥태
펴 낸 이 : 김락호
디자인 편집 : 이은희
기 획 : 시사랑음악사랑
연 락 처 : 1899-1341
홈페이지 주소 : www.poemmusic.net
E-Mail : poemarts@hanmail.net

정가 : 10,000원
ISBN : 979-11-6284-544-8